OSO POLAR
Ursus maritimus

Los osos polares son los osos más grandes de la Tierra. Viven en el entorno hostil del Ártico. Los osos polares adultos pueden oler desde treinta kilómetros (veinte millas) de distancia. Son excelentes nadadores y bailarines.

EL PELAJE DE LOS OSOS POLARES NO ES BLANCO

En realidad, es transparente y la piel bajo todo ese pelo es tan negra como su nariz.

DIETA: Focas, peces

ZONA: Regiones árticas

Para los bailarines, artistas y osos polares, quienes ayudan a hacer de nuestro mundo un lugar mejor.

English text and illustrations copyright © 2025 by Eric Velasquez

Spanish translation copyright © 2025 by Holiday House Publishing, Inc.

Spanish translation by Alexandra Aceves

This book is being published simultaneously in English as *The Polar Bear and the Ballerina*.

All Rights Reserved

HOLIDAY HOUSE is registered in the U.S. Patent and Trademark Office.

Printed and bound in June 2025 at C&C Offset, Shenzhen, China.

The artwork was created with oil paints on watercolor paper. Only four colors were used—burnt umber, ultramarine blue, titanium white, and cadmium red light. Cadmium red light was used only on the scarf.

www.holidayhouse.com

First Spanish Language Edition

1 3 5 7 9 10 8 6 4 2

Library of Congress Cataloging-in-Publication Data is available.

ISBN: 978-0-8234-5677-2 (Spanish hardcover)

ISBN: 978-0-8234-4918-7 (English hardcover)

EU Authorized Representative: HackettFlynn Ltd, 36 Cloch Choirneal, Balrothery, Co. Dublin, K32 C942, Ireland. EU@walkerpublishinggroup.com

El OSO POLAR y la BAILARINA

Eric Velasquez

Holiday House · New York

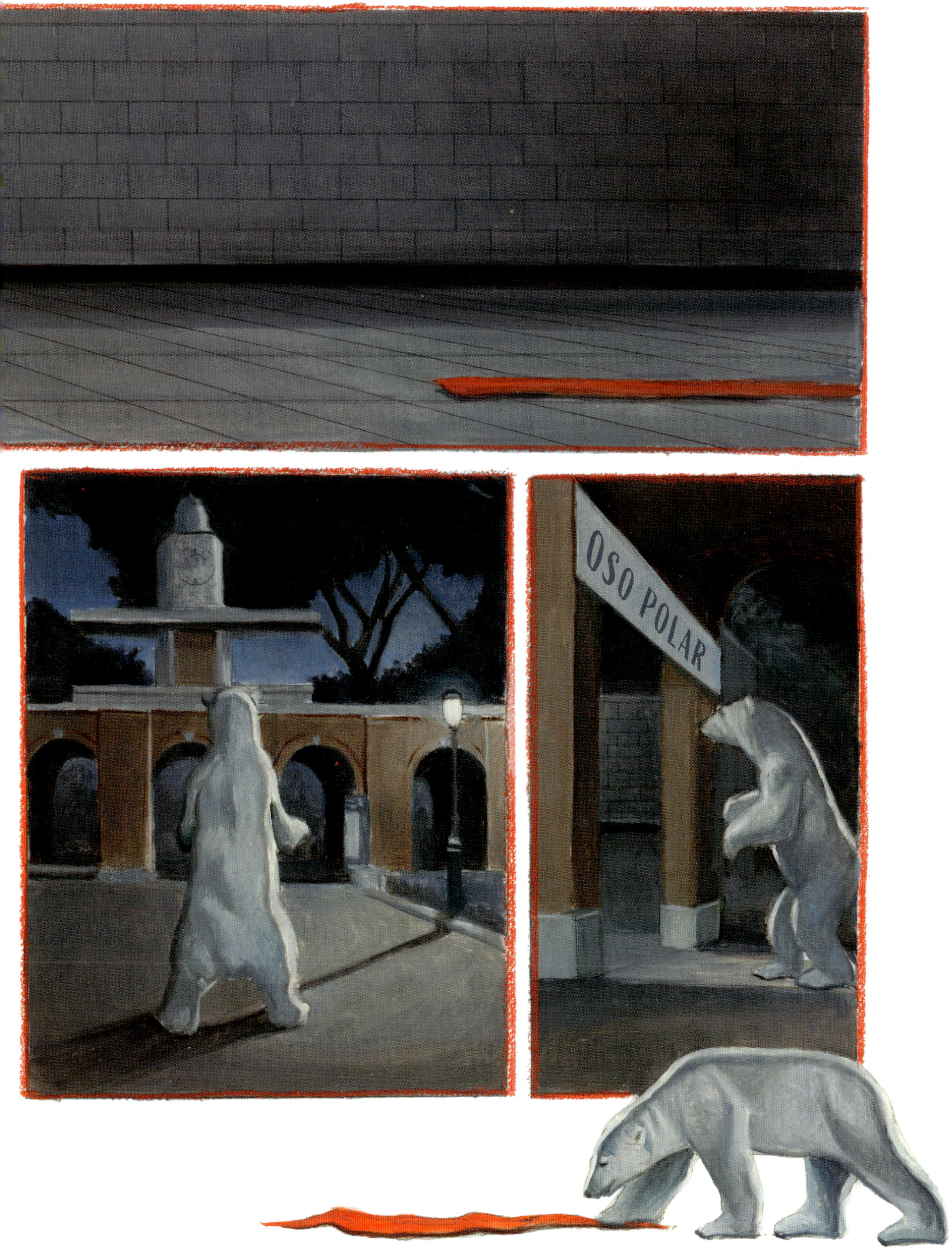

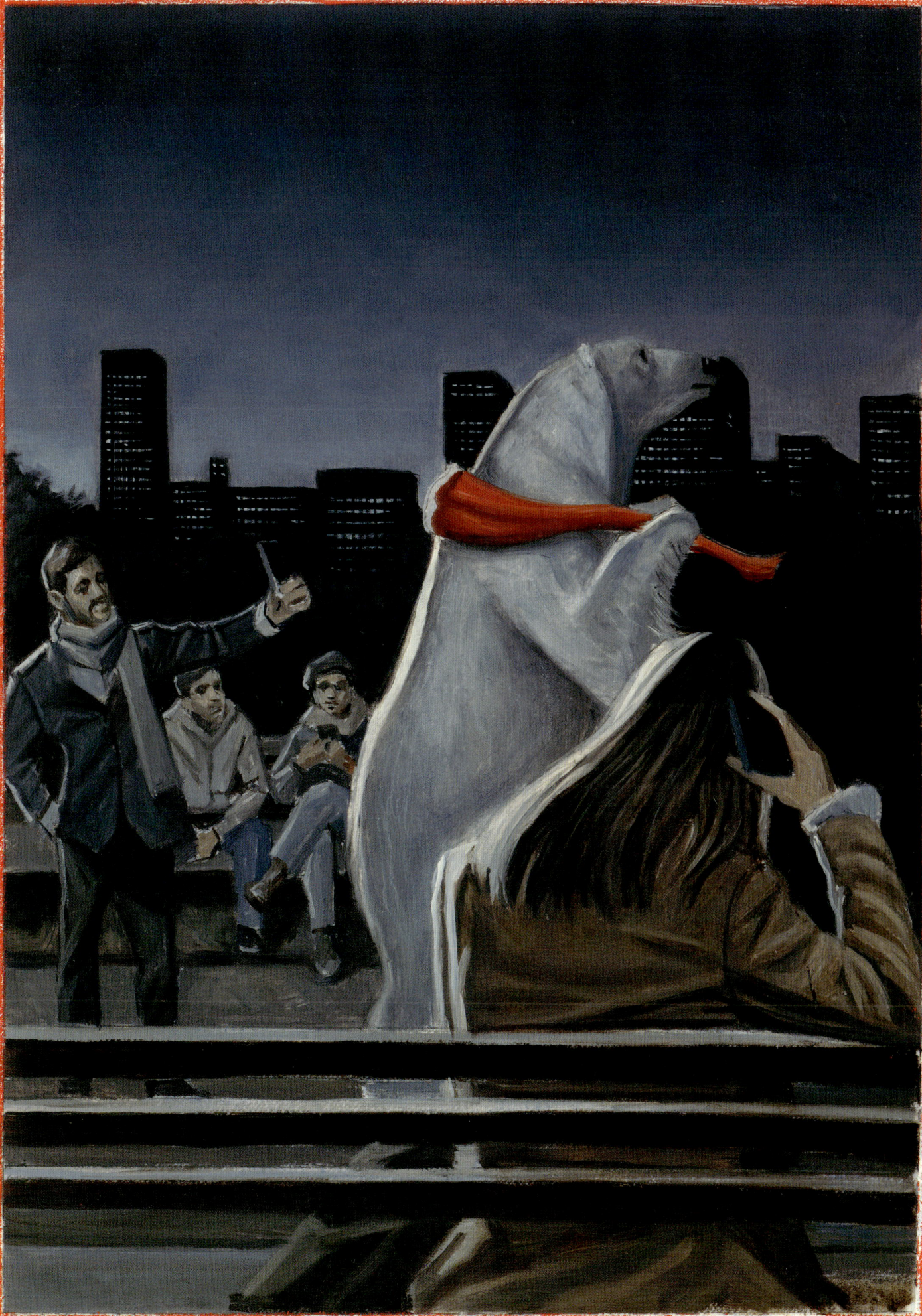

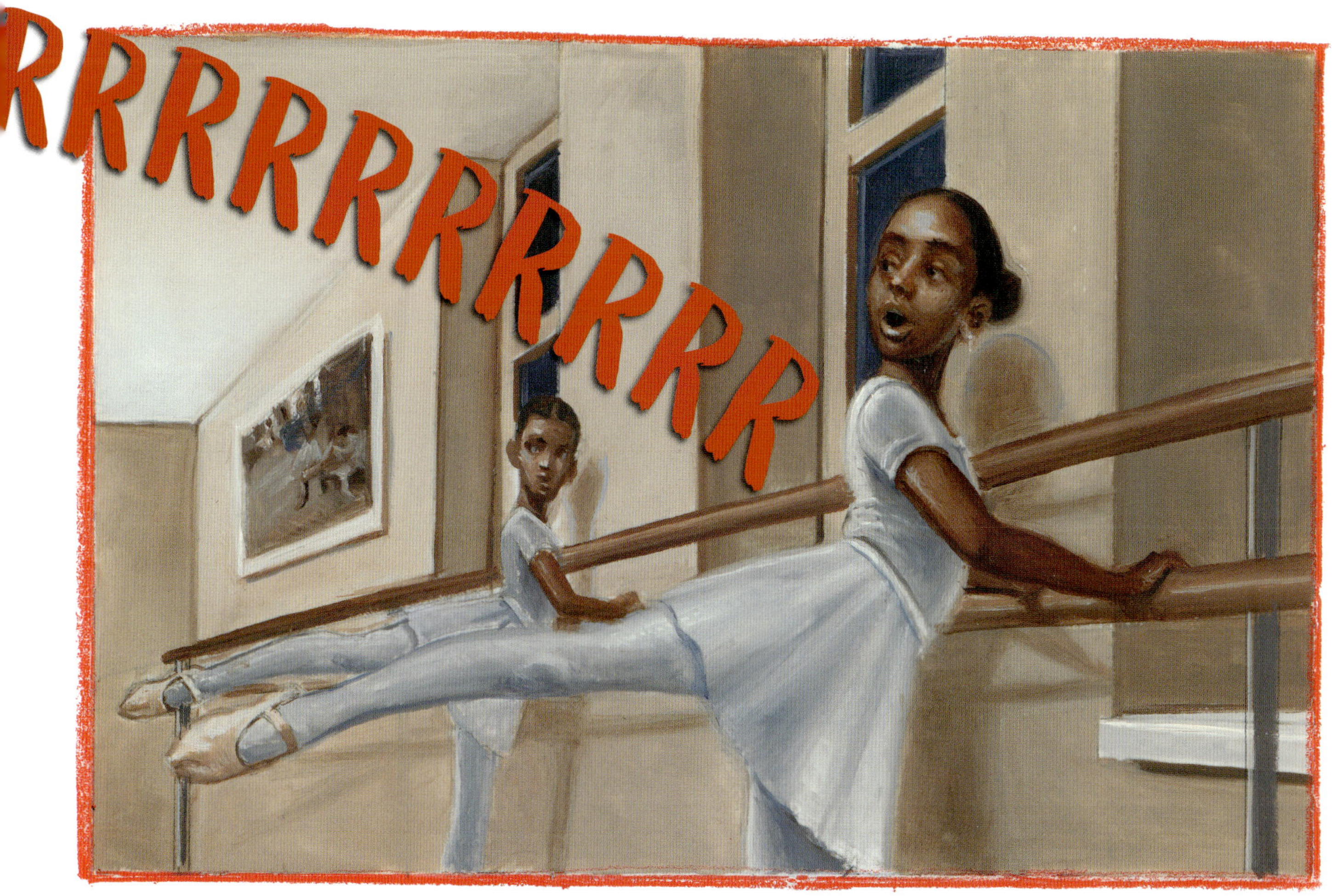
RRRRRRRRRR

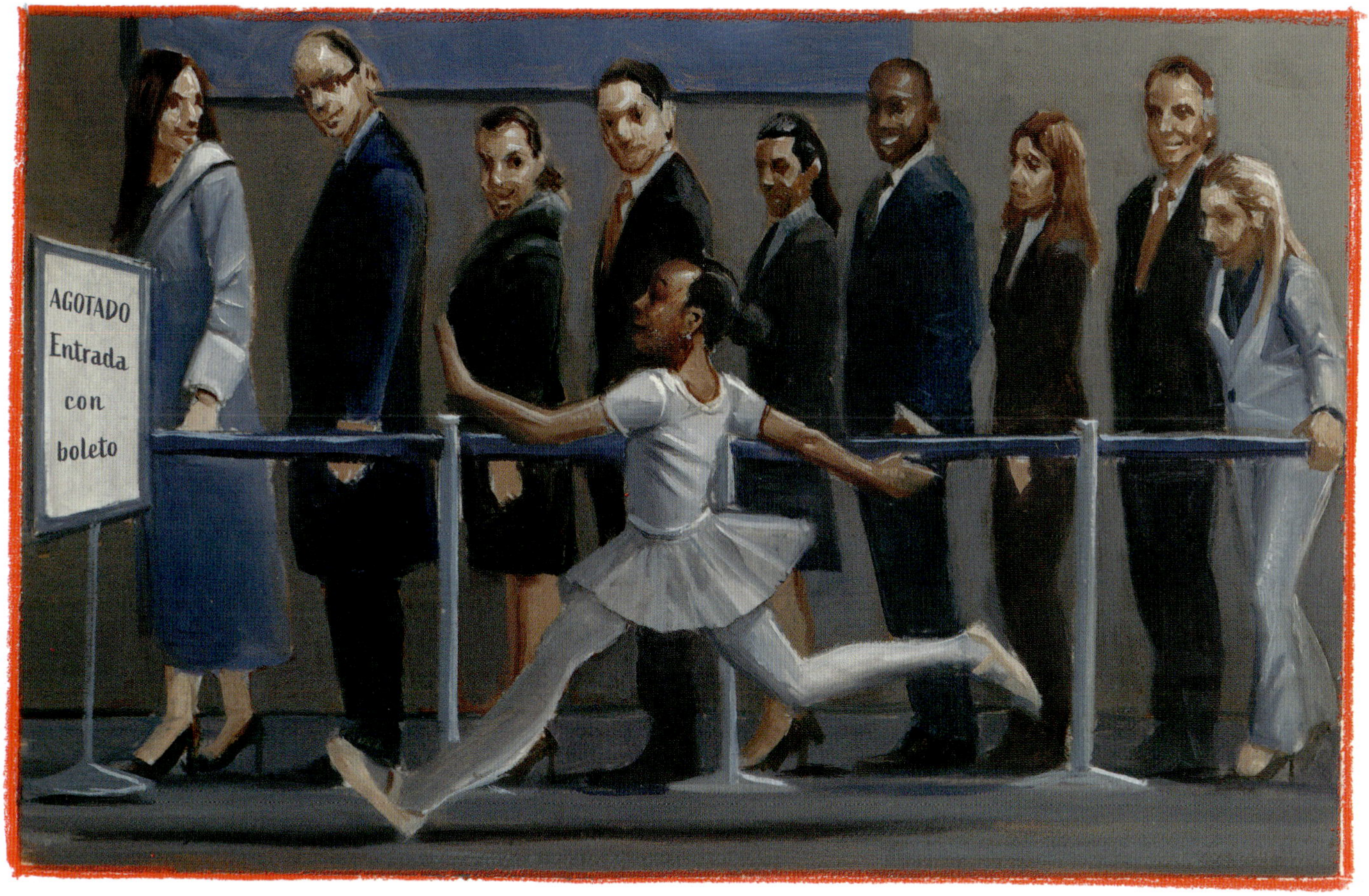
AGOTADO
Entrada
con
boleto

Chloe Maldonado

Chloe Maldonado nació en la ciudad de Nueva York y estudió el ballet en la Academia de Ballet del Barrio en Spanish Harlem con las maestras Elizabeth Rosario y Grazia Maccarone.

Maldonado se unió al Ballet Infantil de Harlem el año pasado y fue nombrada solista esta temporada. Su repertorio incluye los papeles de la hermana menor en *Buscando a Bongo* y la prima con el juguete en *Pulpo guisado*.

Creó el papel de la niña con la estola roja en *El oso polar y la bailarina*, que se estrena esta temporada.

Algunas de las personas que han tenido influencia en ella son Katherine Dunham, Janet Collins, Raven Wilkinson y Misty Copeland.

Fuera del ballet, le interesa el activismo por los derechos de los animales.